sete CONTOS,
sete QUADROS

© **Carla Caruso, May Shuravel, 2014**

COORDENAÇÃO EDITORIAL: Lisabeth Bansi
ASSISTÊNCIA EDITORIAL: Patrícia Capano Sanchez
PREPARAÇÃO DE TEXTO: Lígia Azevedo
COORDENAÇÃO DE REVISÃO: Elaine C. del Nero
REVISÃO: Andrea Ortiz
COORDENAÇÃO DE EDIÇÃO DE ARTE: Camila Fiorenza
PROJETO GRÁFICO: May Shuravel, André Berger
ILUSTRAÇÕES: May Shuravel
PESQUISA ICONOGRÁFICA: Mariana Veloso Lima, Lourdes Guimarães
CAPA E DIAGRAMAÇÃO: André Berger
IMAGEM DE CAPA: © Museu de Arte Moderna, Nova Iorque
TRATAMENTO DE IMAGENS: Arleth Rodrigues, Bureau São Paulo, Marina M. Buzzinaro, Resolução Arte e Imagem
COORDENAÇÃO DE *BUREAU*: Américo Jesus
PRÉ-IMPRESSÃO: Vitória Sousa
COORDENAÇÃO DE PRODUÇÃO INDUSTRIAL: Wilson Aparecido Troque
IMPRESSÃO E ACABAMENTO: Lis Gráfica

Dados Internacionais de Catalogação na Publicação (CIP)
(Câmara Brasileira do Livro, SP, Brasil)

Caruso, Carla
 Sete contos, sete quadros / Carla Caruso, May Shuravel. — São Paulo: Moderna, 2014.

 ISBN 978-85-16-09569-7

 1. Literatura infantojuvenil I. Shuravel, May. II. Título.

14-05686   CDD-028.5

Índices para catálogo sistemático:
1. Literatura infantil   028.5
2. Literatura infantojuvenil   028.5

REPRODUÇÃO PROIBIDA. ART. 184 DO CÓDIGO PENAL
E LEI Nº 9.610, DE 19 DE FEVEREIRO DE 1998

Todos os direitos reservados.
EDITORA MODERNA LTDA.
Rua Padre Adelino, 758 – Belenzinho
São Paulo – SP – Brasil – CEP 03303-904
Vendas e Atendimento: Tel. (011) 2790-1300
www.modernaliteratura.com.br
2014

Carla Caruso *e* May Shuravel

sete CONTOS,
sete QUADROS

1ª edição
São Paulo, 2014

Moderna

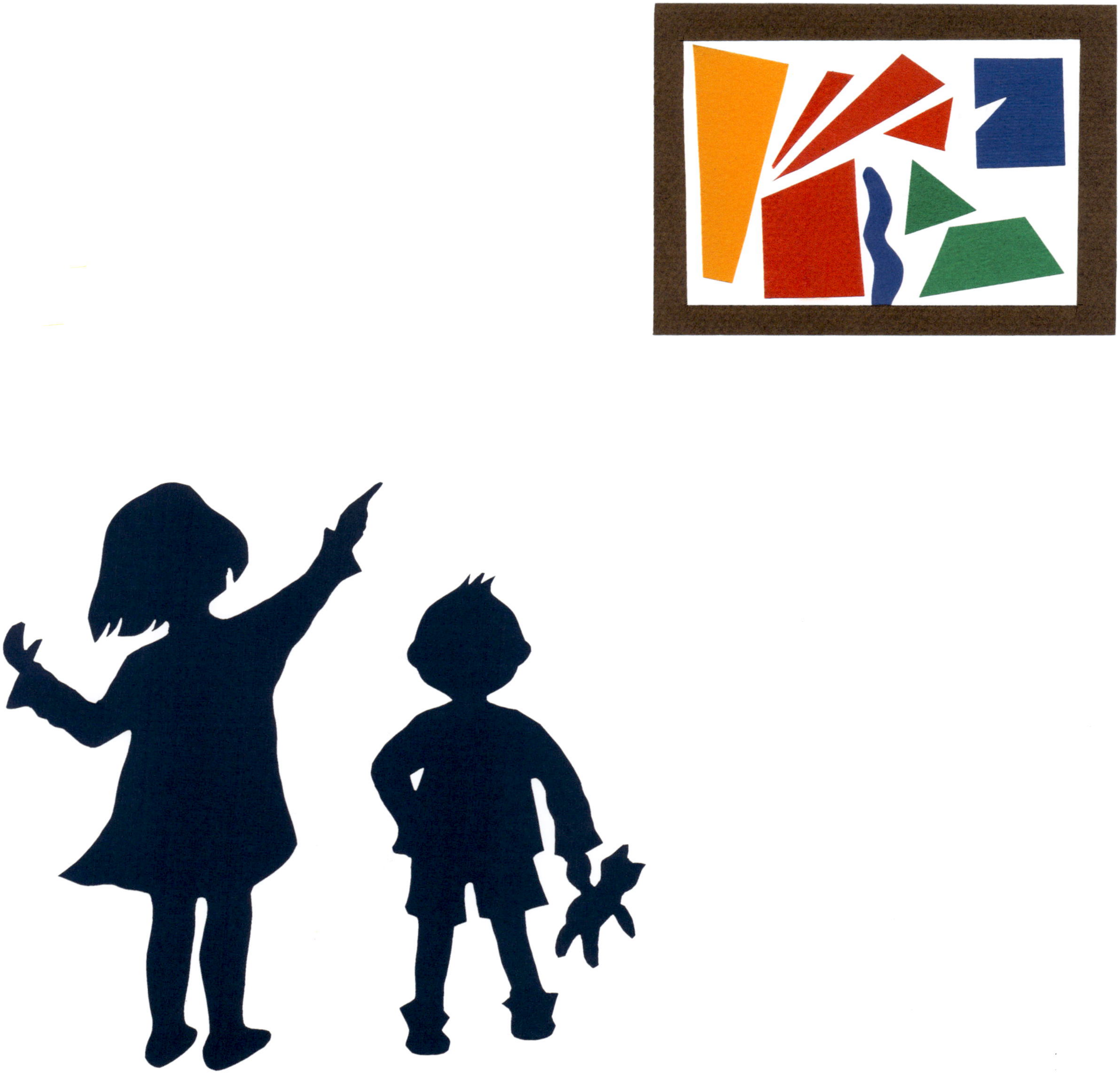

Convite

Alguém viu umas lagartixas por aí? Parece que elas escaparam de um quadro que faz parte deste livro. E, por falar em livro, gostaríamos de fazer um convite: participe da exposição que acontece nas próximas páginas! Você vai encontrar sete artistas brasileiros e seus quadros. Siga pelo livro, conduzido por contos e ilustrações, até chegar a maravilhosas pinturas. É bem possível que você se surpreenda com as figuras, cores e formas feitas por esses importantes pintores que viveram muitas aventuras (descubra quais virando as páginas!) pelo Brasil e pelo mundo, em busca da arte e do aprendizado.

E, quem sabe, você ainda encontra as lagartixas...

Bem-vindo!

As autoras

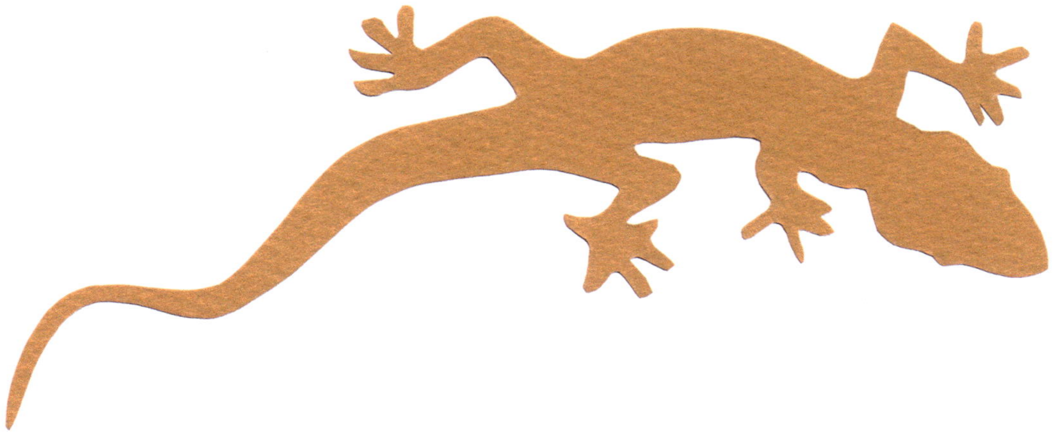

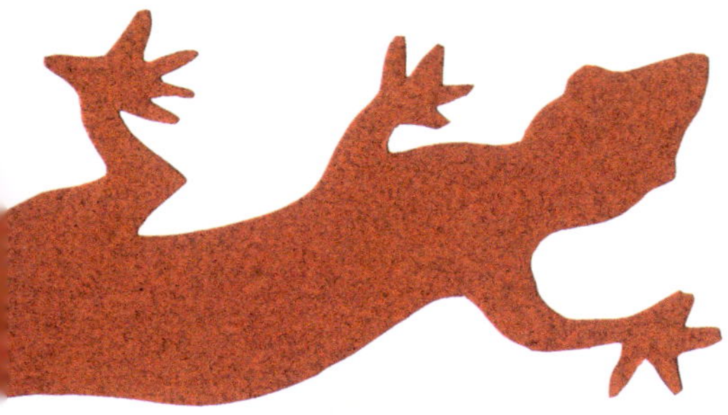

Sumário

Ratos do assoalho - 8

De cá pra lá com **Pedro Alexandrino** - 12

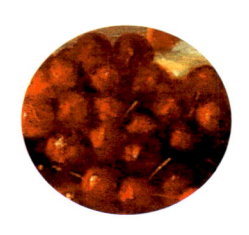

14 - **Pedro e Mariana**

18 - De lá pra cá com **Eliseu Visconti**

Sebastião - 22

De lá pra cá com **Lasar Segall** - 26

30 - **Cadê meu príncipe?**

34 - De cá pra lá com **Tarsila do Amaral**

A primeira vez - 36

De cá pra lá com **Alberto da Veiga Guignard** - 40

44 - **Além da montanha**

48 - De cá pra lá com **Francisco Rebolo**

A casa - 50

De cá pra lá com **Arcangelo Ianelli** - 54

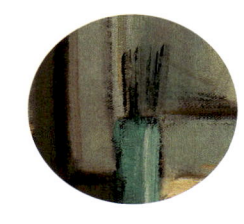

Ratos do assoalho

– Vamos, rá-rá-rápido – chamou o Ratenso, o líder da turma dos ratos do assoalho.

– Xiiii! Cuidado, Ratucha, lá vem o... – tentou avisar o Ratatuco, o maior rato do grupo.

– Ouef, Ouef – latia Pierre, o enorme cão francês.

– Ufa – suspirou a ratinha, entrando pelo buraco do assoalho. Ela virou para cima e só viu o olhão do Pierre.

– Viva, Ratucha! – gritaram todos.

– Foi por um triz – disse a ratinha, ainda assustada.

– Hum, ainda bem que conseguiu salvar mais uma cereja! – gritou Ratico empolgado.

– Já temos uma, duas, três! – contou Ratatuco.

– Mas pa-para nossa festa desta noite é pouco. Nossos vizinhos são gu-gulosos – alertou Ratenso.

– Eu estou indo... – gritou Ratatuco. E correu, farejando com seu nariz aguçado, para saber onde estava Pierre.

– Espera, vou junto – disse Ratico.

— Nã-nã-não! Vo-voltem aqui! O Pi-Pi-Pierre já viu que estamos saindo pelo bu-buraco esquerdo – disse Ratenso.

— Tive uma ideia! – disse Ratucha. – Eu e o Ratico saímos pelo buraco central, corremos para o abajur alto e distraímos Pierre. Você e o Ratatuco pegam as cerejas e, quando já estiverem quase para entrar no buraco, soltam um guincho estridente, chamando a atenção do Pierre.

— Bo-boa ideia, Ratucha! – Ratenso adorava a inteligência de Ratucha.

— Venha Ratico! – chamou a ratinha.

Os dois subiram pelo buraco central e... Oh, não! Pierre parecia adivinhar! Estava bem ali, e logo agarrou o rabinho da Ratucha. Ratico, lá no alto, não sabia o que fazer. Ratenso, então, soltou um guincho desesperado, mas Pierre não ligou e continuou prendendo a pobre ratinha apavorada.

— AAiiiiiiiiiiiiiiiii! Socooorro! – gritava ela.

Ratenso correu para perto de Ratucha e, sem hesitar, pulou no focinho de Pierre, dando uma baita mordida nele!

— Ouuuuffffffffe! – ganiu Pierre, soltando Ratucha. Mas, então, ele começou a perseguir Ratenso.

Ratenso subiu na mesa. Pierre, ao passar debaixo dela, provocou o maior acidente. Derrubou a bandeja cheia de cerejas: Cataplam! O cão fugiu, assustado.

No chão, centenas de frutinhas. Muitas entraram pelos vãos do assoalho. Ratenso, vendo a confusão, desceu.

– Viva! Viva!

Ratico, Ratatuco, Ratenso e Ratucha se abraçaram e comemoraram a chuva de cerejas.

No dia seguinte, havia ratinhos por todo o assoalho. Dormiam felizes depois da festa que durou a noite inteira.

Pedro Alexandrino. *Cerejas e metais*. Óleo sobre tela, 70 × 80 cm.

de cá pra lá com

O artista que pintou o quadro da página anterior chama-se **Pedro Alexandrino Borges**. Ele nasceu em São Paulo, no dia 26 de novembro de 1856, e morreu aos 86 anos, na mesma cidade.

O pintor ficou conhecido por seus quadros de natureza-morta. Esse nome é dado para as pinturas que representam objetos e seres inanimados, frutas, vasos, panelas, flores, garrafas, peixes, patos entre outros. Tão desejadas por muitas famílias brasileiras, suas telas eram, algumas vezes, compradas com a tinta ainda fresca.

No tempo da infância e juventude de Pedro, São Paulo era bem diferente do que é hoje. Os bondes, puxados por burros, transportavam as pessoas, e a luz elétrica ainda nem tinha sido inventada.

Aos onze anos, Pedro começou a trabalhar com pintura. Era auxiliar de um decorador francês que vivia no Brasil. Ajudava a decorar igrejas, casas e palacetes. Ele continuou estudando pintura e teve vários professores. Como muitos artistas de sua época, viajou a Paris para aprender mais sobre história da arte e técnicas de pintura.

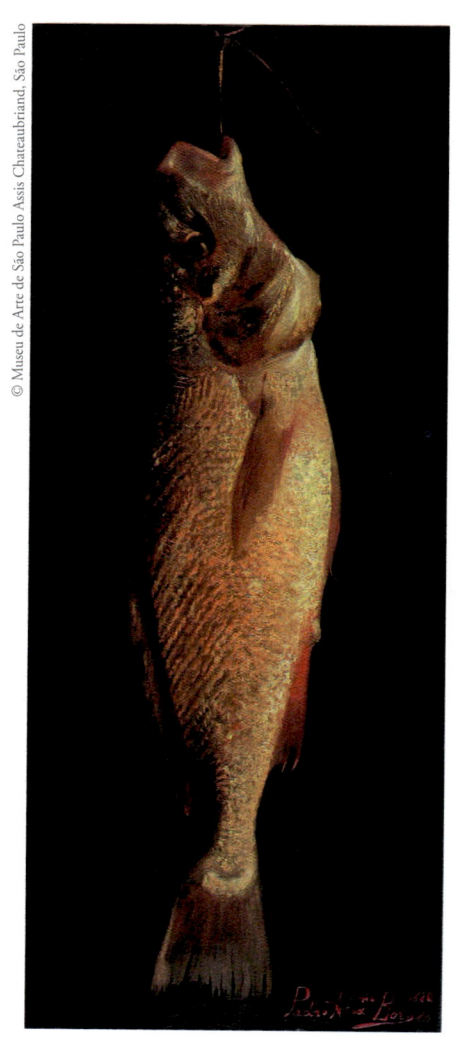

Peixe, 1886. Óleo sobre tela, 68 × 28 cm.

Pedro Alexandrino

Pedro Alexandrino trabalhava todos os dias em seu ateliê. Nesse espaço, guardava várias coisas que poderiam servir de modelo para seus quadros: pratos raros, porcelanas chinesas, vasos, copos, talheres e objetos diversos feitos de cobre, latão, prata e outros metais. Uma das coisas que impressionavam as pessoas era a beleza desses metais representados em suas pinturas.

A artista Tarsila do Amaral, que foi sua aluna, conta: "A primeira vez que vi um metal brilhante na tela de Pedro Alexandrino, no tempo em que eu ainda não começara a estudar pintura, lembro-me de ter tido uma surpresa desconcertante. Mas como se poderia obter com tintas a impressão exata de um metal dourado, refletindo as frutas e os objetos ao redor?".

Olhando para este quadro, o que você imagina que é mais difícil pintar? O vaso? A faca? A casca do abacaxi?

Natureza-Morta com Vaso e Frutas, 1895. Óleo sobre tela, 117 × 90 cm.

Pedro e Mariana

– Será que as sereias existem, Pedro?

– O papai diz que sim, Mariana.

– Mas a mamãe disse que o papai brinca, inventa histórias.

– Não sei. No mar existe muita coisa misteriosa. Mas e aquela história da baleia? É pura verdade. A baleia foi seguindo o barco, durante um tempão.

– É verdade, eu vi as fotos.

– Olha lá, Mariana. Os golfinhos.

– Onde?

– Ali, ali!

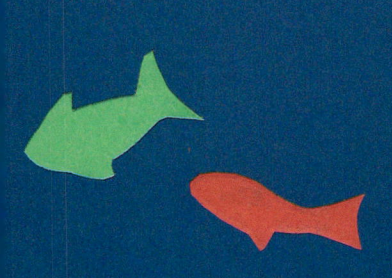

– Ah! Que lindos! Olha aquele que pulou bem alto! E tem uns que são pequenos. São os filhotinhos. Estão indo pra bem longe...

– Mariana, sabia que lá naquela ilha tem um tesouro? O pai do meu amigo guarda um mapa que era do bisavô dele. E o mapa indica um tesouro que fica numa gruta. O Luiz e eu vamos lá um dia.

– Quero ir também!

– Ah, mas você é menina.

– E daí? Melhor ainda, as meninas são mais inteligentes!

– Ah, tá, até parece.

– Pedro, olha o arco-íris.

– Nooossaa!

– Você tá vendo as sete cores?

– Vermelho, laranja, amarelo, verde, azul, anil e violeta.

– Que cor é anil, Pedro?

– Aquela ali, parece um azul meio lilás. E no fim do arco-íris tem um tesouro.

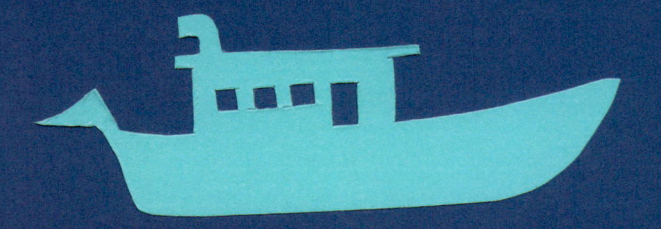

– Eu estou vendo o tesouro.

– Como?

– Lá na ponta, brilhando.

– Aquilo não é tesouro.

– Mas parece, brilha muito!

– É um barco.

– Barco? É o papai. O barco azul do papai! Paiiiii!

– Daqui ele não ouve a gente, Mariana.

– Então vamos correr até a praia?

© Coleção Particular

Eliseu Visconti. *Vista do Mar*, 1902. Óleo sobre tela, 54 × 65 cm.

de lá pra cá com

O artista que pintou o quadro da página anterior chama-se **Eliseu Visconti**. Ele nasceu na Itália, no dia 30 de julho de 1866. Aos sete anos, veio para o Brasil. Faleceu aos 78 anos, no Rio de Janeiro.

Eliseu começou a estudar desenho e pintura aos dezessete anos, no Liceu de Artes e Ofícios, no Rio de Janeiro. Os colegas o apelidaram de "papa-medalhas", de tantas que ganhava por seus trabalhos artísticos. Chegou a receber algumas das mãos de d. Pedro II, o imperador do Brasil. Ele venceu até um concurso que o levou a estudar na França.

Em Paris, conheceu uma moça chamada Louise, com quem se casou. Eles tiveram três filhos e viviam entre o Brasil e a Europa. Louise e os filhos se tornaram os modelos preferidos de Eliseu. Aqui você pode ver dois retratos de Tobias, um dos filhos do casal.

Meu filho Tobias aos seis meses, 1910. Óleo sobre tela, 41 × 56 cm.

Meu filho Tobias, 1930. Óleo sobre tela, 45 × 63 cm.

Eliseu Visconti

© Projeto Eliseu Visconti

Em 1905, Eliseu recebeu uma importante encomenda: fazer um pano de boca (a cortina que separa o palco da plateia) para o Teatro Municipal do Rio de Janeiro, que estava sendo construído. Essa cortina seria pintada como se fosse um quadro gigantesco!

Tão grande que ele não encontrou um ateliê com o tamanho necessário para o trabalho no Rio. Então, alugou um enorme ateliê em Paris, e lá pintou o pano de boca, que ficou pronto em 1907.

Eliseu passou a vida pintando. Repare nesses dois autorretratos, feitos em épocas muito diferentes. O que eles têm em comum?

Autorretrato, 1902. Óleo sobre tela, 64 × 48 cm.

Ilusões perdidas, 1933. Óleo sobre tela, 156 × 98 cm.

O artista pintava cenas do seu cotidiano, de sua vida familiar, de seu quintal, de sua vizinhança, de seu ateliê. Gostava de retratar as pessoas em contato com a natureza. Se você fosse para dentro desse quadro, o que sentiria? Faz calor, frio? Qual é o som ao redor? Tem passarinho? E o ar tem cheiro de quê?

Garotos da ladeira (Ladeira dos Tabajaras), 1928. Óleo sobre tela, 57 × 81 cm.

Sebastião

Ele é menino quieto, calado. Gosta de se embrenhar na mata. Mesmo sabendo que lá tem bicho dos grandes. Mas Sebastião conhece os caminhos mais seguros. Às vezes, ouve o *urrurru-rrrurru* da onça pintada. E anda de mansinho, sem fazer barulho, mesmo pisando em folha seca e galho.

Sebastião gosta de uma menina. O nome dela é Maria Quitéria. Ela é tão bonita! Os cabelos cacheados até a cintura. Quando põe vestido de festa, fica parecendo um sol, uma lua, um mar cheio de peixinhos. Sebastião nunca viu o mar, mas imagina. Na escola, ninguém sabe que ele gosta dela. Nem ela. Mas, lá na mata, ele conta todos os seus segredos. É que encontrou duas amigas. O garoto leva sempre um punhado de insetos no bolso. Elas gostam.

Bem no meio do bananal, nas grandes folhagens, ele aparece com seu rosto bonito. Elas já sabem. Ele conta suas coisas do coração. E também inventa histórias. Elas ficam um tempão olhando para Sebastião. O menino, quando se despede, sente o peito aliviado. E segue pela mata. Hoje ele encontrou uma flor.

"É pra Maria Quitéria", pensa e sorri.

Lasar Segall. *Menino com lagartixas*, 1924. Óleo sobre tela, 98 × 61 cm.

de lá pra cá com

O quadro da página anterior foi pintado pelo artista **Lasar Segall**, que nasceu no dia 21 de julho de 1891, na cidade de Vilna, capital da Lituânia. Ele morreu aos 66 anos, em São Paulo.

O pai de Lasar Segall era escriba da Torá, um pergaminho religioso judaico no qual cada letra é cuidadosamente escrita com uma pena. Poucas pessoas realizam esse trabalho, porque exige muito estudo e treinamento. O menino sempre ficava bem interessado nessa caligrafia. O pai, percebendo sua admiração e sua habilidade manual, permitiu que ele decorasse as letras maiúsculas iniciais do texto.

Aos quinze anos, Lasar Segall viajou sozinho à Alemanha para estudar artes plásticas. Aos 22 anos, veio para o Brasil pela primeira vez, para visitar seus irmãos. Tempos depois, decidiu morar aqui, quando já era um pintor bastante conhecido. Encantado com o país, ele disse: "O Brasil revelou-me o milagre da cor e da luz".

Lasar Segall gostava muito de brincar no Carnaval. Aqui, está fantasiado ao lado de sua esposa, Jenny (1928).

Lasar Segall

No Brasil, pintou muitas aquarelas, técnica surgida na China e que trabalha o efeito da transparência e da luz no papel, como você pode ver neste quadro, no qual o artista pintou seu pai, sua mãe e ele mesmo quando menino.

Família, 1922. Aquarela e guache sobre papel, 44,8 × 43,7 cm.

Nas festas que organizava junto a uma sociedade voltada para as artes chamada Sociedade Pró-Arte Moderna (SPAM), da qual ele fazia parte, o artista pintava grandes painéis, fazia desenhos para a decoração e criava os figurinos das fantasias dos convidados. Veja que no desenho abaixo ele propõe os seguintes elementos para compor uma fantasia: uma panela invertida usada como chapéu, escovões para as ombreiras e um remendo na calça, lembrando a roupa de um mendigo.

O porta-bandeira. Estudo de figurino para o baile "Carnaval na cidade de SPAM", 1933. Aquarela, guache e grafite.

Bicho (alto) *e borboleta*. Estudos para decoração do baile "Expedição às matas virgens de Spamolândia", 1934. Aquarela e outras tintas.

Muitos artistas fazem autorretratos com a ajuda de um espelho, copiando o rosto nele refletido. Observando o quadro abaixo, o que você diria: Lasar Segall está olhando para um espelho ou para nós?

Autorretrato III, 1927. Óleo sobre tela, 50,5 × 39 cm.

Cadê meu príncipe?

– Cadê meu príncipe? – perguntou a princesa.

– Lá se foi pela alameda – disse sua ama preocupada.

– Quero meu príncipe de volta, que tristeza!

E, assim, a jovem desceu as escadas dos seus aposentos e de tanto desespero perguntou ao vento:

– Cadê meu príncipe, seu vento?

– Não vi nada, nada vi. – E, zunindo, o vento se foi dizendo: – Pergunte ao boi, que está logo ali.

– Senhor boi, senhor boi, você viu meu príncipe querido?

– Muuuu, por aqui não passou não, pergunte ao coelho sabido.

Correu, correu a princesa. Com lágrimas nos olhos. Que tristeza!

– Senhor coelho, senhor coelho, você viu meu príncipe elegante?

– Ah, de capa verde e muito falante?

– Sim, ele mesmo, o mais lindo de todo o reino!

– Não sei se é o mais lindo, princesa, mas o amor... Foi por ali, deu um pulo perto daquela ponte! Porém, acho que somente a borboleta pode dizer, aquela ali, amarela, perto da fonte.

Correu, correu a princesa, cheia de esperança!

– Conte pra mim borboleta, onde está meu príncipe, o mais lindo e galante?

A borboleta bateu as asas duas vezes e pousou na ponta do nariz da mocinha ofegante.

– Menina bonita, será que seu príncipe é este aqui embaixo que dorme tão feliz?

– Ele mesmo! – sussurrou a princesa: – Meu príncipe!

A voz tão doce da jovem despertou o príncipe, que dormia.

– Minha princesa! – coaxou o príncipe.

Smack, coax-coax, smack.

– Viva o príncipe e a princesa! – disseram a borboleta, o coelho, o boi e o vento.

E foram felizes para sempre!

Tarsila do Amaral. *O Sapo*, 1928. Óleo sobre tela, 50,5 × 60,5 cm.

de cá pra lá com

O quadro da página anterior foi pintado por **Tarsila do Amaral**. Ela nasceu em Capivari, no interior de São Paulo, no dia 1 de setembro de 1886, e morreu aos 87 anos, na cidade de São Paulo.

Quando pequena, Tarsila vivia numa fazenda de café. Ela mesma contou que brincava "como uma cabrita selvagem, saltando daqui pra ali entre rochas e cactos". E nunca estava sozinha, sempre tinha por perto seus gatinhos. Mas não era um, nem dois, nem três, nem dez. Você adivinha quantos? A menina tinha quarenta gatos! Tarsila gostava muito de bichos.

Pintar, tocar piano, estudar e viajar era o que Tarsila vivia fazendo desde pequena. E, quando adulta, escolheu ser pintora. Um de seus primeiros professores foi o pintor brasileiro Pedro Alexandrino (conheça alguns dos quadros dele nas páginas 11 a 13).

A Cuca, 1924. Óleo sobre tela, 73 × 100 cm.

Tarsila do Amaral

Quando Tarsila vivia na França, enviava muitas cartas para a filha, Dulce, que morava em Londres, na Inglaterra. Numa delas contou sobre o que andava pintando: "Estou fazendo uns quadros bem brasileiros que têm sido muito apreciados. Agora fiz um que se intitula *A cuca*. É um bicho esquisito no mato com um sapo, um tatu e outro bicho inventado".

O nome do quadro abaixo é *Abaporu*. Essa palavra, vinda do tupi-guarani, significa "homem que come gente". Você acha que o Abaporu tem uma boca grande ou pequena? E o que será que esse ser, tão plantado no chão, está pensando?

Tarsila e sua filha Dulce.

Abaporu, 1928. Óleo sobre tela, 85 × 73 cm.

A primeira vez

A primeira vez que vi, não podia acreditar. Eu era muito pequena. Foi logo quando minha família e eu mudamos para uma cidade com muitas igrejas, no meio das montanhas. Naquela noite, mamãe e eu fomos à festa de São João. Até então, pra mim, o céu era só estrela, lua, nuvem e sol. E azul. Azul-claro e azul-escuro. Ah, e meio alaranjado no fim da tarde. Rosa também. Mas aquilo que vi...

O céu dessa cidade sempre surpreendia. Às vezes, havia uma neblina que descia e deixava nossos olhos quase molhados. E tudo aparecia e desaparecia. Eu brincava de mágica. Porque era só olhar para a casa vizinha e ela estava ali, mas, num segundo, desaparecia. As pessoas também. Os carros, as bicicletas. Lá vinha o João pedalando, descia a ladeira. De repente, a neblina baixava e ele sumia. Eu tentava ver e ele surgia longe, longe.

Mas a primeira vez que vi o céu, durante a noite de São João, imaginei que as estrelas estivessem subindo e caindo devagar, coloridas. As estrelas que sempre foram discretas e quietinhas, pregadas no escuro do céu, com seus brilhinhos brancos. Mas não, naquela noite, outra mágica veio do céu. Eu seguia olhando, lá da torre da igreja. Minha mãe me levou para ver. Mas ela não disse nada. Só contou que o céu ia fazer uma surpresa. E eu perguntava se podia levar uma estrela para casa. "Se uma estrela cair bem aqui na minha mão...", eu falava. Minha mãe ria e dizia: "Ah, menina!".

Aquelas estranhas estrelas continuavam a boiar no céu. Nem sei quanto tempo fiquei ali. Mas, quando elas sumiram, atrás das montanhas, descemos as escadas da igreja. Minha mãe pegou na minha mão. Seguimos até o final da rua.

Eu flutuava.

Alberto da Veiga Guignard. *Noite de São João*, 1942. Óleo sobre madeira, 80 × 60 cm.

de cá pra lá com

O quadro da página anterior foi pintado por **Alberto da Veiga Guignard**, nascido em Nova Friburgo, Rio de Janeiro, em 25 de fevereiro de 1896. Guignard morreu aos 66 anos, em Belo Horizonte, Minas Gerais.

Desde menino, Guignard viajou por muitos lugares do mundo, como Suíça, Alemanha e Itália, e até viveu em um castelo na França. Estudou artes em Munique, na Alemanha, e, depois, já pintor, voltou ao Brasil. Montou um ateliê no Jardim Botânico, no Rio de Janeiro, "entre a vegetação e milhares de mosquitos", como ele dizia.

As gêmeas (Lea e Maura), 1940c. Óleo sobre tela, 110 × 130 cm.

Guignard ficou conhecido por suas paisagens, mas fez também muitos retratos, como esse das gêmeas. As duas aparecem no primeiro plano, mas, atrás delas, há um casario. Quase sempre os retratos do pintor têm uma paisagem ou uma janela aberta, que dá para o mundo.

Alberto da Veiga Guignard

Ao ver, pela primeira vez, a paisagem de Ouro Preto, em Minas Gerais, cidade para a qual se mudou, Guignard disse: "Eu procurei por isso minha vida inteira". A escritora Cecília Meireles, que o via nas ruas da cidade, fez um lindo poema chamado "O que é que Ouro Preto tem?", em homenagem a ele. O poema fala das belezas de Ouro Preto e da figura risonha do grande pintor Guignard.

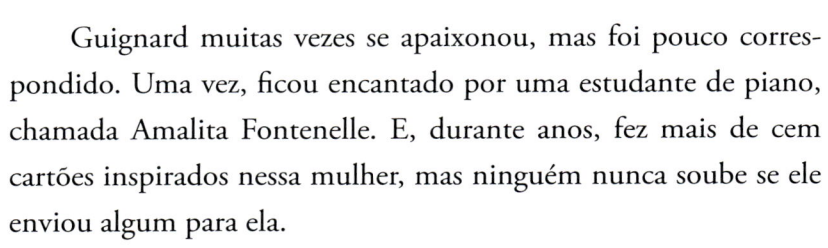

Guignard muitas vezes se apaixonou, mas foi pouco correspondido. Uma vez, ficou encantado por uma estudante de piano, chamada Amalita Fontenelle. E, durante anos, fez mais de cem cartões inspirados nessa mulher, mas ninguém nunca soube se ele enviou algum para ela.

Cartões de Guignard para Amalita. Nanquim e aquarela sobre papel.

Vista de Ouro Preto, Minas Gerais, em foto de Germano Neto.

Teria Guignard a cabeça nas nuvens? Sonharia com paisagens flutuantes? Ou será que estava pintando com os pés no chão, quando, de repente, nuvens desciam, fazendo da terra um céu de igrejas e casinhas?

Paisagem Imaginante, 1950. Óleo sobre madeira, 110 × 180 cm.

Além da montanha

Meu nome é Vendaval. Vendaval porque ninguém me alcança, quer dizer, só o Passo Preto, que é mais velho, mas só um pouco, logo mais eu cresço, e daí quero ver! Meu sonho é correr pelos campos, livre. Ah, posso até sentir o vento. Queria passar por aquele lago que outro dia vi. Mergulhar nele, de cabeça, e esguichar água pelas ventas. Mas sair daqui é bem difícil. Seu Benedito fica de olho. Já falei para o Passo Preto, mas ele só me olha e estrebucha como que tirando sarro de mim – pensava o pequeno cavalo.

Um dia, quando seu Benedito se afastou muito dos cavalos...

– Passo Preto, vamos! Deixa de comer feno, é a nossa chance!

– Vendaval, já disse que é arriscado.

– Eu vou. Quero ver o que tem atrás das montanhas. Nunca fomos para lá – e, dizendo isso, pulou a cerca e se foi.

Passo Preto observava a crina castanha do Vendaval que ia longe, pocotó, pocotó, pocotó. Olhou para os lados, ninguém. Num impulso, correu até a cerca, pulou. Alcançou o amigo. Vendaval quase tropeça de alegria quando o vê ao lado!

– Passo Preto, você não vai me passar!

Mas o amigo nem dá bola. Deixa para trás Vendaval, que só pode ver a crina negra balançando. Correram por mais de hora, subiram a montanha, desceram. Sem nenhuma palavra, nenhum relincho. Felizes que estavam com tanta liberdade.

Até que chegaram numa planície verde, vasta. Ali pararam, com o pelo brilhando de tanto suor. As narinas abriam e fechavam. As orelhas agora relaxadas. Caminhavam, sentindo uma brisa leve. Até arrepiava.

Um caminho de árvores altas. Silêncio.

– Passo Preto, estou feliz.

– Eu também, amigo.

Francisco Rebolo. *Paisagem com cavalos*, 1977. Óleo sobre tela, 55 × 70 cm.

de cá pra lá com

Francisco Rebolo Gonsales é o nome do artista que pintou o quadro da página anterior. Nascido em 22 de agosto de 1902, em São Paulo, Rebolo morreu aos 78 anos na mesma cidade.

A família de Francisco era bem pobre. Quando tinha doze anos, o menino ouviu uma discussão entre os pais sobre a falta de dinheiro e decidiu que ia trabalhar. Um dia, jogava futebol com uma bola de pano quando passou uma carroça com tijolos. Ele pensou: "Onde essa carroça chegar, deve haver serviço". A carroça parou numa obra. Francisco conseguiu então seu primeiro trabalho: pintar paredes e portas. Com catorze anos foi chamado para ser aprendiz de decorador de igrejas e casas.

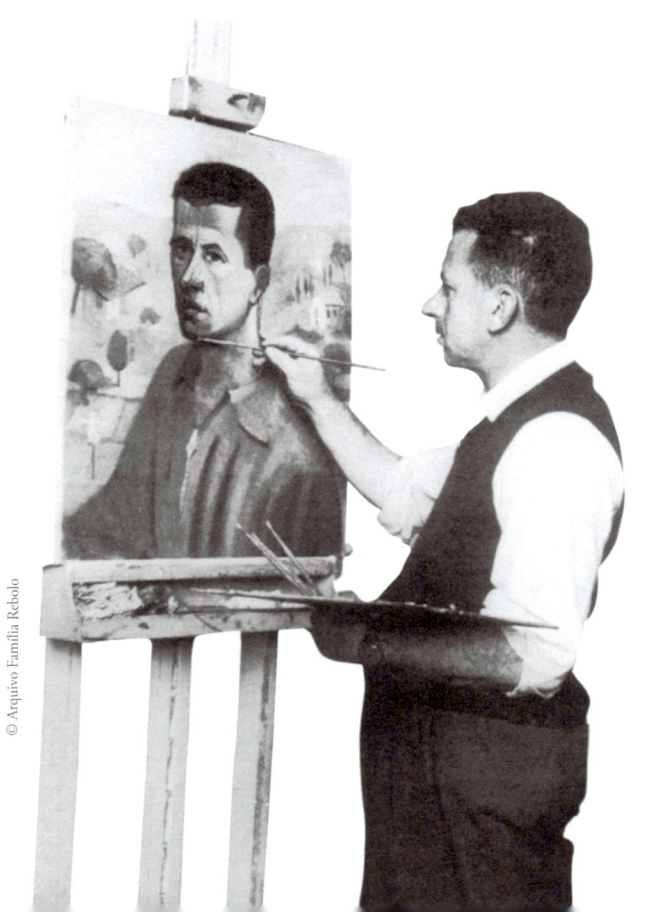

O garoto jogava futebol num time pequeno e continuava a decorar tetos e paredes. Certa vez, estava pintando uma sala na sede do Corinthians quando o convidaram para jogar no time. Ele aceitou e, no ano seguinte, 1922, foi campeão paulista. O quadro abaixo é um autorretrato de Rebolo com o uniforme do timão ao lado de outro jogador.

Você conhece o escudo do Corinthians? Na década de 1930, Rebolo acrescentou a âncora e os dois remos ao desenho antigo, simbolizando os esportes náuticos, modalidades esportivas importantes no clube.

Futebol, 1936. Óleo sobre tela, 86 × 36 cm.

Francisco Rebolo

Rebolo deixou de ser jogador e continuou a se dedicar ao trabalho como decorador de residências. Mas se interessava também por desenho e pintura. Por isso, montou um ateliê e começou a se reunir com outros pintores.

Rebolo é considerado um dos maiores pintores brasileiros de paisagens. Estudou por dois anos na Europa, e os novos conhecimentos fazem parte de seus quadros. Mas o gosto de pintar casinhas, animais, recantos e trabalhadores sempre permaneceu. Observe o quadro abaixo, em que a mulher faz parte da tranquila paisagem, passeando entre os muitos verdes. Você consegue distinguir quantos tons de verde existem aqui?

Natureza-morta, 1939. Óleo sobre tela, 55,5 × 45 cm.

Enquanto muitos artistas da época exibiam nos salões de arte naturezas-mortas representando tachos dourados e panos de veludo, as de Rebolo e seus companheiros apresentavam outros elementos. "Nós pintávamos o que tínhamos no ateliê, toalhas de enxugar a mão, frutas mais baratas... Eu pintei uma natureza-morta que era uma garrafa com três mangas", contou o artista.

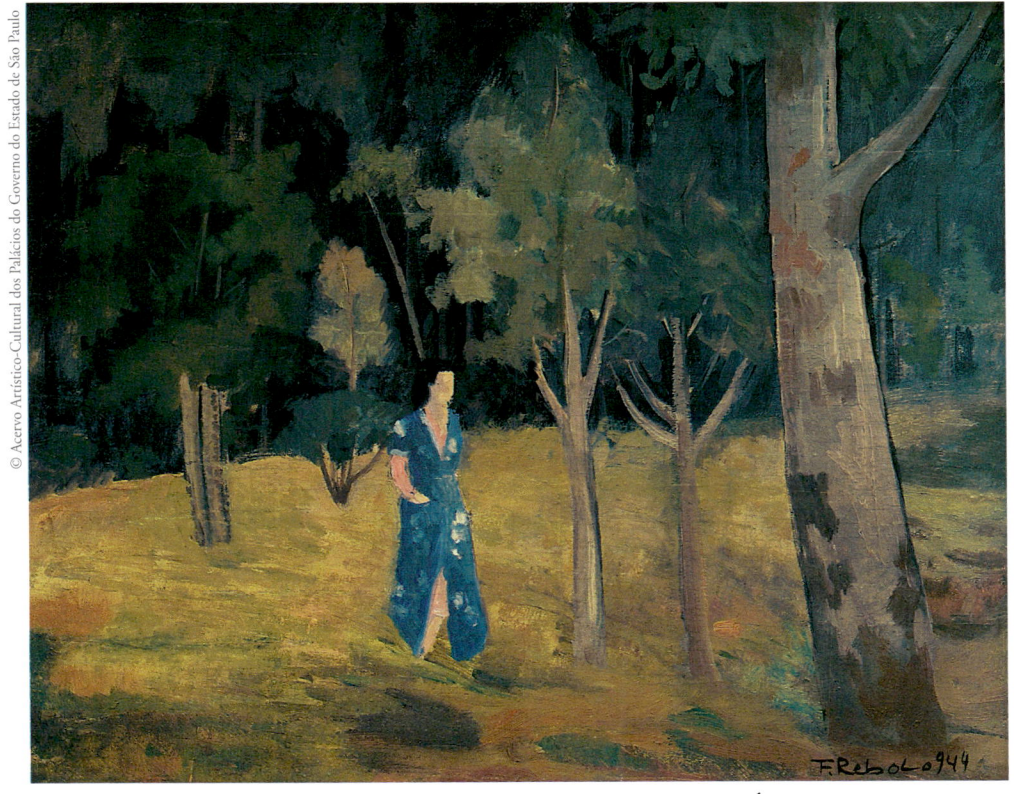

Paisagem do Morumbi, 1944. Óleo sobre tela, 41 x 51 cm.

49

A casa

Minha vó insistia:

– Venha comigo, Maria Amália. Você vai gostar do lugar. Meu amigo é pintor, mora numa casa muito grande, afastada de tudo. Deve ter um monte de lugares para brincar. Além disso, Caio, o neto dele, vai estar lá.

– Mas não conheço nenhum dos dois, vó. Pode ser uma chatice.

– Vamos, Amália, não posso te deixar aqui sozinha.

A porta era de madeira bem escura. Apertei a campainha e ouvimos passarinhos! "Que campainha mais engraçada!", pensei. Um latido me espantou. Primeiro apareceu aquele homem alto, sério e de cabelos brancos. Em seguida, um cachorrão de pelo marrom brilhante. Que medo daquele bicho! Mas ele só me cheirava, e logo começou a abanar o rabo. O pintor disse:

— Venha conhecer a Maria Amália, Caio.

— Já vou!

Mas nada de aparecer. Olhei por cima do cachorro, chamado Lolo, e vi o menino com um joguinho eletrônico. Bip, bip. Ele não parava.

— Caio, venha, vocês podem brincar. Aproveite – disse o avô.

Eu fiquei sem graça, mas o que fazer? O jeito foi acariciar o cachorro. Até que Caio desligou: biiiiiiip. E foi até a sala.

— Oi.

— Oi.

Minha avó e o pintor se entreolharam. Ele disse:

— Estaremos sentados aqui. Vão brincar lá fora.

Havia dois balanços. "Oba!", pensei. Lolo apareceu, pulava bem alto. Demos muitas risadas do jeito do cachorro, meio atrapalhado. Corremos, jogamos bola para ele. Até que sentamos num banco, de tão cansados.

— Vamos brincar no sótão? – perguntou Caio.

Eu nunca tinha visto um sótão, só nos filmes. Fiquei curiosa. Entramos na casa, e minha avó estava lá: blá, blá, blá.

Subimos uma escada, depois outra e outra. Naquele sótão o cheiro de tinta era muito forte. O chão rangia a cada passo de tão velho, mas estava limpo.

– Aqui é um dos ateliês do meu avô. Mas ele não usa muito esse daqui. Então, quando me canso de ficar lá embaixo, venho para cá. Essa cadeira é mágica.

Quando ele disse isso, eu dei risada... Caio olhou sério para mim e me desafiou:

– Sente pra você ver.

Eu sentei e olhei para a frente. Havia um quadro grande, de cor azul e verde. Caio disse:

– Olhe para aquele ponto bem no meio da parte azul.

Fiquei olhando fixo, e não é que comecei a ver o azul se mexer, como se fosse o mar? Caio pegou uma canoa e me chamou. Entramos. O mar estava calmo. Navegamos por muito tempo. Até que deu fome. Eu disse:

– Vamos voltar?

Caio concordou. Ajudei a remar de volta. Nesse lugar só tinha mar e céu, nenhuma terra. Saímos. Antes de descer as escadas, olhei para trás.

O chão tinha muitos respingos azuis.

Arcangelo Ianelli. *Atelier do artista*, década de 1950. Óleo sobre tela, 73 × 60 cm.

© Acervo Banco Itaú S.A, São Paulo

de cá pra lá com

Arcangelo Ianelli é o nome do pintor que fez o quadro da página anterior. Nasceu em São Paulo em 18 de julho de 1922 e morreu na mesma cidade, com 86 anos.

Na infância, Ianelli vivia brincando na rua. Andava sempre com um estilingue no bolso e muitas vezes quebrava as vidraças dos vizinhos. O pai, então, lhe dava o castigo de escrever cem vezes a frase: "Não devo quebrar vidraças dos vizinhos". Apesar disso, ele continuou aprontando, e por isso seus pais o colocaram num colégio interno. Certo dia, quando tinha cerca de oito anos, viu um estudante desenhando e resolveu copiá-lo. A partir desse momento, nunca mais parou de desenhar.

Pic-nic, 1950. Óleo sobre tela, 38 × 46 cm.

Arcangelo Ianelli

Quando jovem, Ianelli estudou nos ateliês de alguns artistas de São Paulo. Muitas vezes, saía pelos arredores da cidade (onde ainda existiam chácaras) para pintar paisagens. Ele mesmo conta:

"Lembro a época em que nós íamos em grupo. Eu, o Rebolo e mais um outro pessoal. Levávamos nossos cavaletes, nossas tintas, e íamos para os bairros mais afastados".

Retrato de Kátia, 1956. Óleo sobre tela, 73 × 60 cm.

A Kátia, que foi retratada neste quadro, viveu uma bela aventura viajando pela Europa com seu pai, Arcangelo, sua mãe, Dirce, e seu irmão, Rubens. A família passou um ano se deslocando em um *trailer*. Ao chegar a Veneza para visitar a bienal de artes, encontraram a cidade lotada, mas para eles não houve problema, pois se instalaram num *camping* bem na beira da praia. Relembrando esse período, Ianelli contou: "meus filhos nunca esqueceram... Éramos meio ciganos".

© Coleção particular

Sem título, 1971. Óleo sobre tela, 80 × 100 cm.

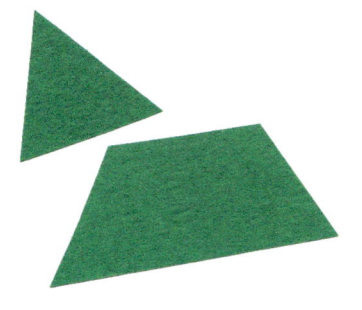

Ao longo da vida, Ianelli comprou doze casas e construiu uma vila, numa região próxima ao centro de São Paulo. Nela, morava com sua esposa e filhos e tinha um ateliê rodeado por árvores e plantas. Montou um pequeno museu com as várias fases de sua pintura, onde apresentou quadros com figuras, paisagens, naturezas-mortas e quadros abstratos, que são pinturas que não reproduzem o mundo, a realidade, os objetos, as pessoas, mas apresentam formas, linhas e cores.

Barcos a Vela, 1958. Óleo sobre tela, 60 × 70 cm.

O que você acha que este menino está pintando? E, se você estivesse dentro deste ateliê, o que ia pintar?

O menino pintor, 1952. Óleo sobre tela, 92 × 74 cm.

Era uma vez um fim

Você já pensou em começar uma história pelo final? Pois assim foram criados todos os contos deste livro: começando pelo fim.

Vou tentar explicar direitinho: nossa primeira tarefa era escolher sete quadros brasileiros. Apenas sete, entre centenas de belas pinturas feitas por tantos artistas importantes. Olhamos, conversamos, discutimos, olhamos tudo outra vez, e mais outras, até conseguir escolher as que seriam o centro, o coração, a parte mais importante do livro.

Para cada quadro, Carla escreveu um conto, cujo final é... o próprio quadro! Ela precisou imaginar, então, coisas que teriam acontecido antes da cena representada. (Lembram a história do príncipe? Pois então, o sapo já estava lá, esperando a princesa debaixo da ponte, desde o começo...).

Escritas as histórias, chegou a minha vez de ilustrá-las, criar imagens que ajudassem a conduzir a leitura até a alma do conto, o princípio e o fim de cada um: o quadro. As ilustrações, pensei, deveriam falar baixinho, sem estardalhaço, apenas preparando, discretamente, o caminho para a surpresa, a pintura na última página. Decidi, então, fazer as figuras com recortes de papel, com cores chapadas, sem muitas variações de tom, escolhendo-as de acordo com as cores de cada pintura.

Assim foi feito, e o livro ficou pronto. Quer dizer, quase. Lá foi a Carla em busca de informações sobre cada pintor, para vocês conhecerem um pouquinho mais o trabalho de todos eles. Ela contou que foi uma aventura e tanto, já que os caminhos trilhados por cada um para fazer sua arte são sempre uma surpresa.

Esperamos que vocês tenham gostado de tudo: do final, do meio e do começo!

May

Pintando o sete

Fiz os sete contos deste livro começando pelo fim, como a May contou. Foi quase como inventar um jogo cuja regra era olhar para o quadro e pensar que era o final de uma história. Assim aconteceu quando olhei para um detalhe do quadro do Pedro Alexandrino: as cerejas fora do prato. Elas me fizeram imaginar que alguns ratinhos haviam passado por ali. E, desse modo, surgiu a história. Cada quadro me fez pensar coisas, inventar nomes, criar acontecimentos.

E, se histórias surgem de imagens, imagens podem surgir de histórias. A May foi a primeira leitora desses textos e, enquanto lia, imaginava cenas. Então, como ela mesma contou, escolheu ilustrar os contos usando recortes de papel.

Enfim, se nós escolhemos um jeito de inventar este livro, com as nossas regras, você pode criar as suas. O quadro para mim era a cena do fim da história, e lá fui eu bolar o meio e o começo. As histórias e quadros eram o mote para a May, e lá foi ela criar com seus papéis coloridos.

Você também pode participar deste jogo. Que tal escolher um dos quadros que viu nas páginas deste livro e inventar uma história para ele? As regras da brincadeira quem faz é você. E para ilustrar pode escolher o material que preferir: lápis de cor, guache, giz de cera ou qualquer outro.

Pronto para começar o jogo?

Carla

© Rômulo Fialdini/Tarsila do Amaral Empreendimentos – Museu de Arte Brasileira-FAAP, São Paulo

© Coleção Particular

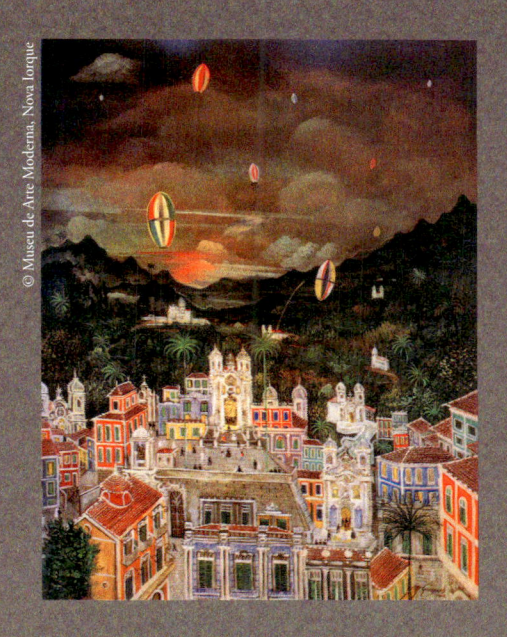

© Museu de Arte Moderna, Nova Iorque

© Museu Lasar Segall, São Paulo

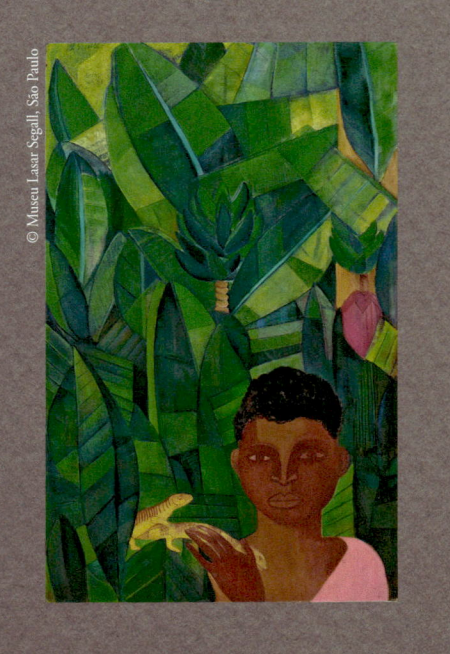

© Lucien Prouvot/Miguel Salles Escritório de Artes

© Acervo Banco Itaú. S.A. São Paulo

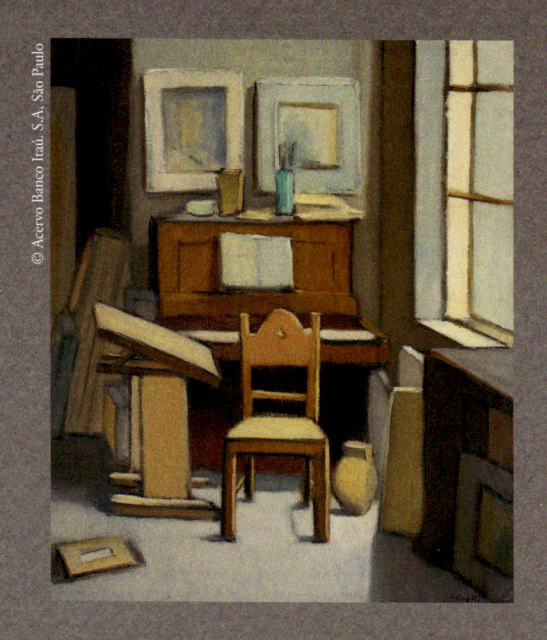

© Arquivo Família Rebolo - Coleção particular

63